マリアさんのトントントトンタ

角《かど》野《の》栄《えい》子《こ》・文《ぶん》　にしかわおさむ・絵《え》

アイウエ動物園《どうぶつえん》の　園長《えんちょう》さんは
朝《あさ》と夕《ゆう》がた　動物園のなかを
みてあるきます。
ブタのあかちゃんが
きょうだいげんかを　してないか。
キツネのキミコさんの　にきびが　なおったか。
ラクダの　ダダさんの
頭《あたま》の毛《け》が　ぬけてないか。

キミコ

ところが　けさ、動物園《どうぶつえん》の門《もん》を　はいると、
なかのほうから　ふしぎなおとが
ひびいてきました。
トントン　トトンタ
おとは　だんだん　大《おお》きくなってきます。
みると、なんと　動物たちが　そろって　あしを
トントン　トトンタと　ふみならして　いるのです。
じめんが　すこし
ゆれているような　気《き》もします。

「い、い、いったい　どうしたんだね、
このさわぎは？」園長《えんちょう》さんは　そばの
タヌキのヌヌくんに　きいてみました。
「わからないんだ」ヌヌくんは　あしを
ならしながら、かたを　すくめました。

そのとなりの　ウサギのウラさんにも　ききました。
「わたしにも　わかんないの。
ひとりでに　あしが　うごいちゃうの」
ウラさんも　あしを　ならしながら
いいました。

園長《えんちょう》さんは　アナグマさんにも　ききました。
「じめんから　きこえてきたから、
まねしてたら　とまらなく　なっちゃったんだ」
アナグマさんも　あしを　ならしながら
いいました。
「そうなの。いつのまにか
トントン　トトトンタに
なっちゃって」

キリンのカンコさんも、
カバのまるこさんも
大《おお》きなからだを　ゆすって、いいました。

園長《えんちょう》さんは　ねころんで　じめんに
耳《みみ》を　くっつけました。
どこからか　トントン　トトンタと　ひびいてきます。
園長さんは　じめんに　耳をつけて、
おとの　するほうに　はっていきました。
トントン　トトンタ
トントン　トトンタ
どうやら　おとは、動物園《どうぶつえん》の
いちばん　すみっこの　もじゃもじゃと　しげった
木《き》のむこうから　ひびいているようです。

園長《えんちょう》さんは、えだをかきわけ、かきわけ
すきまから　顔《かお》を　つきだしました。
すると　はいいろの　くものように
ぼあぼあしたものが、しきりに
あしを　うごかしています。
トントン　トトンタ
「おや、このさきには、
だれがいたんだっけ……」
園長さんは
つぶやきました。

「わたしです！」
おこったような声《こえ》が　かえってきました。
「おう、おう、ラマのマリアさんじゃないか」
動物園《どうぶつえん》のなかは　どこに
どんな　動物がいるか、
ぜんぶ　しっていたはずなのです。
どうしたことか、
このマリアさんのことは
うっかり　わすれていました。

「マリアさん、ひさしぶりだねえ」
「ほんとうに、まったく　ごぶさたですよ」
マリアさんは　ぷんと　よこをむいて
こたえました。
「それでも　なまえだけは
おぼえていたようね」

「ごめんよ。
あんまり　木《き》が　しげっちゃったもんで、
もうここには　だれも　いないのかと　おもった」
「ひどい！　どうせよ。
おばあちゃんの　ラマなんて、
いても、いなくても　いいんでしょ」
もこもこの毛《け》のなかで、
目《め》が　うるっとしています。

ラ　マ

「とんでもない。　みんな　だいじな動物《どうぶつ》だよ。
すまん、　わたしが　わるかった。
ところで、　そのー、　トントン　トトンタって、
あしを　ならしはじめたのは、　マリアさんかね」
「そうですよ。　わるいですか?」
マリアさんは　口《くち》を　むっとまげました。

「わるくない、　わるくないよ」

園長《えんちょう》さんは　あわてて　いいました。

「でも、　どうして？」

「だって、　さびしいからって、
ないてばかり　いるわけには　いかないでしょ」

「そりゃ、　そうだ」

園長さんは　大《おお》きく　うなずきました。

「だから、　じめんと　おしゃべりしてたんです」

「それは　いいほうほうだね。
それで、じめんは　なんて
いってくれたのかい」
「べつに。でも　トントン　トトンタって
返事《へんじ》が　かえってくるから」

「それじゃ、　わしも、　ひとつ」
園長《えんちょう》さんは
あしぶみを　しました。
トントン　トトンタ

「ほほーう、あんがい　たのしいもんだな。
まあ、いいだろう。たのしくおやり」
園長《えんちょう》さんは　あるきだしました。
ところが……
園長さんの　あしも
トントン　トトンタって、
うごいてしまいます。

この日《ひ》は　動物園《どうぶつえん》じゅうが、うつってしまって、
トントン　トトンタ　トントン　トトンタ。
とまりません。

家《いえ》に　かえった　園長《えんちょう》さんは
なるべく　あしぶみしないように　しました。
でも　おくさんの　シズコさんは　すぐ　気《き》がつきました。
「あなた、そのあし、どうしたんですか」
「これね、これこれ　しかじかでね」と
マリアさんの　ことを　はなしました。
「まあ、マリアさん、
かわいそうにねえ。さぞかし
さびしかったんでしょうね」

ところが　園長《えんちょう》さんが　よなかに　目《め》をさますと、
シズコさんが　ねながら
あしぶみしているでは　ありませんか。
トントン　トトンタ
おふとんが　ゆれています。
朝《あさ》になっても　シズコさんの　あしぶみは　とまりません。
トントン　トトンタ

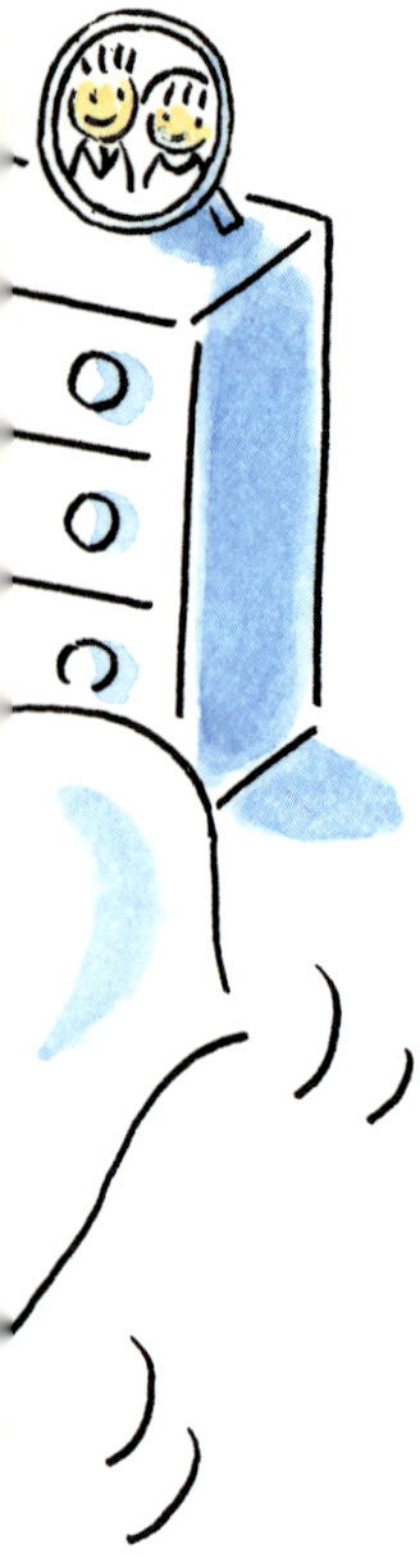

朝《あさ》ごはんのしたくに、だいどころに　はいっていった
シズコさんは、さけびごえを　あげました。
「あなた、たいへん！　れいぞうこが　あしぶみはじめたわ」

園長《えんちょう》さんが　とびこんでいくと、
れいぞうこが、いすが、テーブルが
トントン　トトンタ。
園長さんが　まどから　そとをみると、
イヌの　ポチも、トントン　トトンタ。
「たいへんだ。これは、流行病《りゅうこうびょう》！
トントン　トトンタ病だ！」

園長《えんちょう》さんと　シズコさんは　大《おお》あわてで、
動物園《どうぶつえん》に　でかけて　いきました。

動物園じゅうが
あしぶみしています。

動物《どうぶつ》、鳥《とり》、飼育係《しいくがかり》、それに　おきゃくさんまで。
みんな　そろって、うれしそうに　トントン　トトンタ。
すると、あしもとの土《つち》が　もりあがって
もぐらの　モグさんが　顔《かお》をだしました。
「園長《えんちょう》さん、あの　この、トントン　トトンタ、
なんとかしてくださいよ。こどもたちが
ひるねを　しないで
こまります」

園長《えんちょう》さんと、　シズコさんは
ラマのマリアさんの　ところに　いきました。
「マリアさん、　そのなあ、　トントン　トトンタは、
しばらく　おやすみに　してくれないか。
動物園《どうぶつえん》も　まちも
トントン　トトンタだらけに
なっちゃったよ」
園長さんは　いいました。

「わたしの　せいだって　いうんですか」
マリアさんは　目《め》を　きっと　ひからせました。
「そ、そういうわけじゃないよ。だけど……
なりっぱなしって　いうのはなあ」
園長《えんちょう》さんは　なだめるように　マリアさんの
せなかを　なでました。

「わたしに　がまんしろって　いうんですね」
マリアさんは　むっと　からだを　ふくらませました。
「じゃ、どうだろう。毎朝《まいあさ》、三十分《さんじっぷん》ぐらい、
みんながそろって　トントン　トトンタするって　いうのは」
「みんな？　そろって？　いっしょに？
ふーん、たのしいかも……。まあ、いいでしょ」
マリアさんは　それでも　まだ　すこし　ふまんそうです。
ぷんと　鼻《はな》をうえに　むけました。

それで、トントン　トトンタは、
朝《あさ》、一回《いっかい》、三十分《さんじっぷん》と　きまりました。
毎朝《まいあさ》、動物園《どうぶつえん》じゅうが　あしぶみをします。
みんな　そろって、
トントン　トトンタ。
「これはいい。動物たちの　健康《けんこう》にもいい」
園長《えんちょう》さんは　ほっとしました。

すると　園長《えんちょう》さんのところに
長距離《ちょうきょり》でんわが　かかってきました。
ちきゅうの　はんたいがわの
動物園《どうぶつえん》からです。
「こっちにも　ひびいてきますよ。
おたくの　トントン　トトンタ。
わたしの動物園でも　やることにしました。
まねしていいですか？」
「どうぞ、どうぞ」
園長さんは　こたえました。

どうぶつえん

それから　毎朝《まいあさ》、とおく、とおく
じめんの　そこあたりから　ひびいてきます。
みんな　いっしょです。
トントン　トトンタ

園長《えんちょう》さんは　植木屋《うえきや》さんに　たのんで、
マリアさんの　まわりの　もじゃもじゃの　木を
かりこんで　もらいました。
おひさまが　よく　あたるように　なりました。
かぜも　ふきぬけて、
気持《きも》ちの　いいところに　なりました。

ラマの
マリアさん

「マリアさん、
わたしと　たのしいことを　はじめてみない」
おくさんの　シズコさんが　いいました。
「こんな　としよりに、
たのしいことなんか　もう　ありませんよ」
「それがね、あるかもよ」
シズコさんは　とくいそうに、わらいました。

ラマの
マリアさん

シズコさんは　毎日《まいにち》　午後《ごご》になると　やってきて、
もこもこになった　マリアさんの毛《け》を　ゆっくり　ひっぱって
ほそくするのです。それで　シズコさんは　あみものを
はじめました。マリアさんの毛は　たくさんあります。
シズコさんは　マリアさんと
おしゃべりをしながら、
まず　園長《えんちょう》さんの　はらまきを
あむことに　しました。
「つぎはね、よく　かぜを　ひく、
サルのベーちゃんの　ベストをあむつもり」

「いいですよ。おてつだいしますよ。
わたしの毛《け》は　毎日《まいにち》　のびてますから、　なくなりませんよ」
マリアさんは　そういって、
もこもこの毛を　ふわっと　ふるわせました。
「だんだん　できてくるって、　たのしいもんですね」
マリアさんは　ひさしぶりに
うれしそうに
ふっと　わらいました。

アイウエ動物園ものしり百科7

ラマ

どんな動物《どうぶつ》？

ラマは、南《みなみ》アメリカのアンデスという高《たか》い山《やま》のほうにすんでいる動物《どうぶつ》だよ。ラクダのなかまだけれど、ラマの背中《せなか》にはコブがない。だから、こぶなしラクダ、とよばれたこともあるんだ。ラマのなかまには、グアナゴやビクーナ、アルパカがいるよ。みんなは、ラマを見《み》たことがあるかな？　動物園《どうぶつえん》にもいるから、ぜひラマに、会《あ》いに行《い》ってみてね！

毛《け》の色《いろ》、いろいろ

園長《えんちょう》さんのおくさんが、マリアさんの毛《け》をつかって、セーターをあんでいたね。ラマには、羊《ひつじ》の毛《け》のような長《なが》い毛《け》が、もこもこ生《は》えているんだ。毛《け》の色《いろ》は、黒《くろ》、茶《ちゃ》、白《しろ》、ぶち、といろいろあるよ。セーターなどをつくることもあるけれど、毛布《もうふ》とかじゅうたんのようなものをつくるのに、よくつかわれるみたい。

ラマは、はたらきもの！

なかまのラクダは砂漠《さばく》ではたらくけれど、ラマは山《やま》などの高地《こうち》ではたらくんだ。おもい荷物《にもつ》はこびに、大《だい》かつやくしているよ。車《くるま》があるから、ラマは必要《ひつよう》ないんじゃないか、って？　そんなことないよ。車《くるま》が入《はい》れないようなほそい道《みち》も、ラマならかんたんに入《はい》れるからね。

なにを食《た》べるの？

ラマは、草食動物《そうしょくどうぶつ》といって、草《くさ》を食《た》べるんだよ。ラマがすんでいるのは、あまり植物《しょくぶつ》がそだたない高《たか》い山《やま》のほうだから、ほとんどどんな草《くさ》でも食《た》べるといわれているんだ。ラマの胃《い》は4つの部屋《へや》にわかれていて、反芻《はんすう》（一度《いちど》のみこんだものをふたたび出《だ》して、またかんでのみこむ）するよ。ラマはおこったり、こうふんしたりすると、胃《い》の中身《なかみ》をはきだして、ツバみたいにはきかけるんだ。だから、動物園《どうぶつえん》に行《い》ったときには、ラマをおこらせないように、気《き》をつけないとね！

文・角野栄子

かどのえいこ

1935年東京生まれ。児童文学作家。
『わたしのママはしずかさん』(偕成社)と
『ズボン船長さんの話』(福音館書店)で路傍の石文学賞、
『大どろぼうブラブラ氏』(講談社)で
産経児童出版文化賞大賞、『魔女の宅急便』
(福音館書店/2009年全6巻完結)で
野間児童文芸賞、小学館文学賞、
JBBYオナーリスト文学作品賞を受賞。
このほか、「アッチコッチソッチのちいさなおばけ」
シリーズ(ポプラ社)はじめ、多数の絵本や翻訳を刊行。
エッセイ『ファンタジーが生まれるとき』
(岩波ジュニア新書)も。近刊に『ラスト ラン』(角川書店)。

絵・にしかわおさむ

1940年福岡生まれ。絵本作家・画家。
「大だこマストン」シリーズ(ぎょうせい)、
「10ぴきのおばけ」シリーズ(ひかりのくに)、
『こぐまと二ひきのまもの』(童心社)など、
ユニークなキャラクターを描くのが得意。
『ぼくがパジャマにきがえていると』(PHP研究所)や
『ツトムとまほうのバス』
『おとうさんとさんぽ』(ともに教育画劇)ほか
刊行作品は多数。
角野栄子さんとのコンビに
『ネッシーのおむこさん』(金の星社)
『ハナさんのおきゃくさま』(福音館書店)など。

マリアさんのトントントントンタ

発行日――2013年4月4日　初版

文――角野栄子
絵――にしかわおさむ

発行人――落合恵子
発行――クレヨンハウス
〒107・8630
東京都港区北青山3・8・15
電話03・3406・6372
ファックス03・5485・7502
e-mail　shuppan@crayonhouse.co.jp
URL　http://www.crayonhouse.co.jp/
装幀――杉坂和俊
印刷――中央精版印刷

ISBN978-4-86101-243-3
NDC913　22×15cm　64p
乱丁・落丁本は、送料小社負担にてお取り替え致します。
価格はカバーに表示してあります。

クレヨンハウスの幼年童話シリーズ、続々登場！

アイウエ動物園

角野栄子・文　にしかわおさむ・絵

モコモコちゃん家出する

まるこさんのおねがい

マリアさんのトントントンタ

わにのニニくんのゆめ

いっぽんくんのひとりごと

しろくまのアンヨくん

カンコさんのとくいわざ

各巻とも、A5判／カラー64頁／本体1200円

ぶたのぶたじろうさん

内田麟太郎・文　スズキコージ・絵

①みずうみへしゅっぱつしました。

②いどをほることにしました。

③はげやまへのぼりました。

④ふしぎなふえをふきました。

⑤ワシにさらわれてしまいました。

⑥クジラをたすけにいきました。

⑦あらしのうみにおそわれました。

⑧こわいみちにまよいこみました。

⑨だれかにてをふりました。

⑩ふしぎなちずをひろいました。

各巻とも、3話収録／A5判／2色80頁／本体950円